L'AMANT
FEMME-DE-CHAMBRE.

L'AMANT
FEMME-DE-CHAMBRE,
COMÉDIE,
EN PROSE ET EN UN ACTE.

PAR M. DUMANIANT.

Représentée pour la premiere fois à Paris sur le Théâtre du Palais-Royal, le Jeudi 8 Novembre 1787.

PRIX 24 sols.

A PARIS,
Chez GATTEY, Libraire, au Palais Royal, N. 13 & 14.

De l'Imprimerie de P. DE LORMEL, Imprimeur de l'Académie-Royale de Musique, rue du Foin S. Jacques.

M. DCC. LXXXVIII.

AVEC APPROBATION ET PERMISSION.

PERSONNAGES.	ACTEURS.
LA COMTESSE, *jeune veuve.*	*Mademoiselle Forest.*
LE BARON DE LISVAL.	*M. Dumaniant.*
LE MARQUIS DE LISVAL, *neveu du Baron.*	*M. S. Clair.*
MARTON.	*Mudemoiselle Fiat.*
FRONTIN.	*M. Bordier.*
UN NOTAIRE.	*M. Boucher.*

La Scène se passe à la campagne chez la Comtesse.

L'AMANT FEMME-DE-CHAMBRE, COMÉDIE.

SCENE PREMIERE.

FRONTIN.

EN vérité c'eſt une vie bien agréable que celle de la campagne pour un joli homme accoutumé au train de la Capitale ! Pas un billard, pas une eſtaminée, pas une académie de jeu, pas le moindre endroit honnête où l'on puiſſe décemment paſſer ſes heures de loiſir, & grace au ciel on n'en manque point dans mon état. Je ſers une jeune veuve qui a la rage de s'enterrer vivante au printems de ſes jours, & qui a l'inconcevable ridicule de fuir les amans. La ſotte maiſon que celle-ci ! j'en ſortirai. Pas d'occupations pour les amours de ma maîtreſſe, pas d'amour pour mon compte ? C'eſt trop triſte d'honneur. J'aimerais aſſez Marton, ſa figure me revient ; mais c'eſt une fille ſans goût ; elle n'a pas daigné s'appercevoir de mon mérite. Finette m'en dédommagerait ſans doute ; mais elle n'a pas le don de me plaire : c'eſt malheureux pour elle. Ainſi, tout calculé, puiſque mon eſprit & mon cœur ſont ici ſans occupations, je ferai ſagement de me faire donner mon congé. Je te reverrai divin Paris, ſéjour qui convient ſeul aux talens diſtingués ! Au village, le Laboureur, fier de ſon état, a l'audace de ſe croire au-deſſus de nous ; mais dans la Capitale nous dédaignons l'humble bourgeois. Il eſt notre jouet dans nos anti-chambres ; nous le voyons fuir épouvanté devant les chars de nos maîtres, qui nous entraînent avec fracas. Il n'eſt que deux états priſés dans Paris, les grands Seigneurs & la Livrée. Tout le reſte je le compte pour rien, ou pour bien peu de choſe. Ah ! ah ! un homme céans ! quelle nouveauté !

SCENE II.

LE BARON, FRONTIN.

LE BRRON, *à part.*

C'EST un de ses gens. Amadouons-le, & mettons-le dans nos intérêts.

FRONTIN, *à part.*

Que veut cette vieille face ? C'est quelqu'oncle sans doute.

LE BARON.

Mon ami, est-il jour chez Madame la Comtesse ?

FRONTIN.

Monsieur, je crois que oui.

LE BARON.

Pourriez-vous, mon cher, me dire si elle est visible ?

FRONTIN.

Je ne sais pas, Monsieur. (*à part.*) Ce n'est point un oncle, il est trop doucereux. Monsieur veut-il que je l'annonce ?

LE BARON.

Un moment, mon ami.

FRONTIN.

J'écoute. Je suis à vos ordres. (*à part*) C'est un amoureux.

LE BARON.

Y a-t-il long-tems que vous êtes à son service?

FRONTIN.

Six mois à-peu-près.

LE BARON.

C'est une personne bien aimable?

FRONTIN.

Il suffit de la voir pour en être persuadé.

LE BARON.

Est-elle aussi douce que belle?

FRONTIN.

Jamais elle n'a d'humeur.

LE BARON.

C'est donc un abrégé de toutes les perfections humaines. Heureux qui pourra posséder un pareil trésor.

FRONTIN, *à part.*

Comme il s'échauffe !

LE BARON.

Je l'ai jugée du premier coup-d'œil.

FRONTIN.

Cela fait honneur à votre pénétration.

LE BARON.

Elle a ſans doute beaucoup d'adorateurs ?

FRONTIN.

Du tout.

LE BARON.

Du tout ! Eſt-ce froideur en elle ou haine de l'amour ?

FRONTIN.

Ni l'un ni l'autre, à ce que je préſume.

LE BARON.

Quoi donc, mon ami ?

FRONTIN.

C'eſt qu'elle n'a trouvé perſonne qui

lui convînt. Les jeunes gens d'à-présent sont si volages, si trompeurs !

LE BARON.

Cela est vrai.

FRONTIN.

Mais s'il se présentait un galant homme, comme il en est encore, je crois qu'elle renoncerait en sa faveur aux ennuis du veuvage.

LE BARON.

Etes-vous sûr de ce que vous dites ?

FRONTIN.

Je le parierais.

LE BARON.

Ce galant homme est tout trouvé.

FRONTIN.

Faites-nous le connaître.

LE BARON.

Vous seriez donc bien aise que votre Maîtresse changeât d'état ?

FRONTIN.

Sans contredit ; puisqu'elle en serait plus heureuse.

LE BARON.

Vous m'avez l'air d'un honnête garçon.

FRONTIN.

Vous êtes physionomiste. (*à part.*) Je le vois venir.

LE BARON.

Serviable.

FRONTIN.

C'est mon fort.

LE BARON.

J'adore votre Maîtresse.

FRONTIN.

Tant mieux.

LE BARON.

Je suis Seigneur du chateau voisin, riche, garçon, & par conséquent maître de mes volontés.

FRONTIN.

Oui, vous êtes majeur.

LE BARON.

J'ai vu votre maîtresse. Un coup-d'œil m'a ravi ma liberté.

FRONTIN, *à part.*

Le petit frippon !

LE BARON.

Je ne ſuis plus à moi. Le ſommeil, le repos, l'appetit, tout m'eſt enlevé.

FRONTIN.

Il faut du remede à cela.

LE BARON.

J'ai deſſein d'épouſer votre maîtreſſe.

FRONTIN, *ſe récriant.*

Ah ! Monſieur !

LE BARON.

Pourquoi ce cri ?

FRONTIN.

C'eſt de plaiſir.

LE BARON.

Tout de bon ?

FRONTIN.

D'honneur.

LE BARON.

Je déshérite en ſa faveur un coquin de neveu.

FRONTIN.

Vous avez un neveu ? à votre âge...

LE BARON, *fâché.*

Comment à mon âge ?

FRONTIN.

C'est donc le fils de votre frere aîné, ou ce neveu est bien jeune encore.

LE BARON *content.*

Oui, c'est le fils de mon aîné. Je l'avais avec moi. Il a disparu depuis cinq semaines. Sa conduite mérite une punition. Je me marie pour le punir, & j'use d'une vengeance qui ne me laissera ni regret, ni retour pour l'ingrat.

FRONTIN.

Vivent les gens d'esprit.

LE BARON.

J'avais craint d'abord que la disproportion de nos âges n'effarouchât votre jeune maîtresse.

FRONTIN.

Mais quel âge vous croyez-vous donc ?

LE BARON.

Celui que j'ai.

FRONTIN.

Encore ?

LE BARON.

Dites ?

FRONTIN.

Trente-cinq à quarante ans.

LE BARON.

Et dix avec.

FRONTIN, *le premier mot à part.*

Et vingt avec. — D'honneur si vous ne le disiez pas, on ne pourrait le croire.

LE BARON.

C'est la vérité.

FRONTIN.

Le teint frais.

LE BARON.

Comme cela, comme cela; mais sans la chasse ?...

FRONTIN.

La jambe belle.

LE BARON.

Autrefois.

FRONTIN.

Moulée ; le corps droit.

LE BARON, *se redressant.*

Je ne dois donc pas craindre de déplaire.

FRONTIN.

Vous plairez, vous plairez, Monsieur.

LE BARON.

Acceptez, je vous prie, ces dix louis d'or.

FRONTIN.

Ah ! Monsieur, je les accepte ; mais vous allez me clore la bouche. Les vérités que je pourais vous dire à présent auraient l'air de louanges.

LE BARON.

Je ne vous récompense que parce que vous m'avez parlé en homme désintéressé.

FRONTIN.

Comme vous me rendez justice !

LE BARON.

Cependant j'ai besoin de votre secours.

FRONTIN.

Comptez sur moi.

LE BARON.

Je viens rendre visite à la Comtesse en qualité de voisin ; quand je serai parti, parlez-lui de moi.

FRONTIN.

Il serait possible que quelques-unes de vos qualités lui échappassent.

LE BARON.

Vous m'avez compris. Les femmes ont souvent besoin qu'on les avise sur ce qu'elles doivent penser de telle ou telle personne Faites-lui sentir adroitement qu'un homme tel que moi a tout ce qu'il faut pour faire un bon mari. Que je ne suis point jaloux.

FRONTIN.

Vous savez vivre.

LE BARON.

Que je ne compte jamais.

FRONTIN.

Vous êtes grand Seigneur.

LE BARON.

Et qu'enfin je n'aurai de volontés que les siennes.

FRONTIN.

Je vous garantis son époux avant huit

jours. Elle ſerait bien difficile ſi elle allait vous refuſer. Un parti tel que vous ne ſe rencontre pas deux fois.

LE BARON.

Lui parlez-vous familierement !

FRONTIN.

Elle eſt ſi bonne ; & puis à la campagne le défaut de ſociété fait que les maitres s'humaniſent.

LE BARON.

Etes-vous bien avec ſes femmes ?

FRONTIN.

Là, là.

LE BARON.

Tant pis.

FRONTIN.

Elle en a deux qui ne la quittent point. La derniere venue, qui ſe nomme Finette, eſt fort bien dans les bonnes graces de ma Maîtreſſe ; & comme, amour-propre à part, mon hommage pourra la flatter, je lui ferai la cour pour vous la gagner, & j'eſpere qu'elle ſe fera un plaiſir de m'obliger en vous rendant ſervice.

LE BARON.

Je ne ſerai point ingrat.

FRONTIN.

A l'égard de l'autre, qui se nomme Marton, elle ne m'aime pas; mais je la soupçonne intéressé; glissez-lui quelque bijou, & vous en ferez votre protectrice la plus zélée. La voici à propos. Je vous laisse avec elle. Du courage, Monsieur, vous réussirez, j'en réponds. (*à part en sortant.*) Ma foi, j'ai bien gagné mes dix louis d'or On ne peut pas flatter un homme avec plus d'effronterie.

SCENE III.

LE BARON, FRONTIN, MARTON.

FRONTIN.

MADEMOISELLE, voici Monsieur qui voudrait parler à Madame la Comtesse. Il vient ici avec les meilleurs intentions du monde pour elle. Il est jour chez Madame; daignez l'introduire. (*Il sort.*)

SCENE IV.

LE BARON, MARTON. FAONTIN.

MADEMOISELLE?

MARTON.

Monſieur.

LE BARON.

Mademoiſelle.... j'ai l'honneur de vous ſaluer.

MARTON.

Monſieur, je ſuis votre très-humble ſervante. A quoi puis-je vous être bonne?

LE BARON.

Vous aimez votre maîtreſſe?

MARTON.

J'ai cela de commun avec tous ceux qui la connaiſſent.

LE BARON.

Comme c'eſt bien dit?

MARTON.

Non; mais comme c'eſt vrai.

LL BARON.

Seriez-vous bien aise qu'elle cessât d'être veuve ?

MARTON.

C'est tout mon desir.

LE BARON.

Le veuvage est si triste ?

MARTON.

Après l'état de fille il n'en est pas de pire.

LE BARON.

Je connais un homme de mérite qui adore votre maîtresse.

MARTON, *les premiers mots à part.*

C'est lui ; amusons-nous. — Le connais-je à mon tour ?

LE BARON.

Son nom est parvenu jusqu'à vous sans doute. C'est le Seignour de la terre voisine.

MARTON.

Qui ? ce vieux garçon ?

LE BARON.

Non, non, ce n'est pas du commandeur que je parle.

MARTON.

MARTON.

A la bonne heure. Il a la cinquantaine & ne lui convient pas.

LE BARON.

Sans doute celui dont je vous entretiens se nomme Lisval.

MARTON, *à part.*

Lisval ? -- Il ne parle pas pour son compte.

LE BARON.

En avez-vous entendu parler ?

MARTON.

Si j'en ai entendu parler ? (*à part & gaiment.*) C'est mon protégé.

LE BARON.

Qu'en pensez-vous ?

MARTON.

C'est un Seigneur charmant.

LE BARON.

J'en conviens.

MARTON.

Jeune.

LE BARON.

Pas des plus jeunes.

MARTON.

Ce n'eſt pas un écolier.

LE BARON.

Non, non.

MARTON.

Mais il eſt dans la ſaiſon des amours.

LE BARON.

Sans doute.

MARTON.

C'eſt lui que vous voulez propoſer à ma maîtreſſe.

LE BARON.

Si vous penſez qu'il lui convienne.

MARTON.

Il eſt tout fait pour elle.

LE BARON.

Elle eſt toute faite pour lui.

MARTON.

Ce ſera le plus joli couple!

LE BARON, *lui mettant une bague au doigt.*

Acceptez, je vous en prie, cette légere marque de ma reconnoiſſance.

MARTON.

Monsieur, vous vous expliquez.

LE BARON.

Je vais de ce pas rendre mes devoirs à votre belle maîtresse.

MARTON.

N'allez pas lui parler de rien. Elle pourrait dans le premier moment être piquée du mystere que nous lui en avons fait jusqu'à présent.

LE BARON.

Je n'ai pas osé m'expliquer plutôt.

MARTON.

Songez qu'elle a presque juré de renoncer à l'amour, & sur-tout au mariage, & qu'il faut lui enlever son cœur par surprise pour l'amener où nous voulons.

LE BARON.

Nous savons comment il faut nous y prendre. Ma premiere visite roulera sur les complimens d'usage. Je demanderai la permission de revenir; & dans une seconde entrevue, j'entamerai la négociation.

MARTON.

L'amour & mes soins acheveront le reste.

LE BARON.

Je brûle de la contempler à mon aiſe. Daignez me faire annoncer.

MARTON, *appellant.*

Finette !

SCENE V.

LISVAL, *en femme*, MARTON, LE BARON.

MARTON.

FAITES annoncer Monſieur. Votre nom s'il vous plaît ?

LE BARON.

Vous l'oubliez ſitôt ? Le Baron de Liſval.

LISVAL, *au fond de la Scene.*

Mon oncle !

MARTON.

Le Baron de Liſval ?

LE BARON.

Vous ne me conſeillez donc pas de lui parler de mon amour ?

MARTON.

De votre amour? Non, non, je ne vous le conseille pas ; vous seriez fort mal venu.

LE BARON.

Je remets mes intérêts entre vos mains, & croyez que ma reconnoissance sera aussi vive, que l'amour que je ressens pour votre belle maîtresse.

SCENE VI.

MARTON.

CE quiproquo n'est pas mauvais ; mais il est précieux ce bon homme de prendre pour son compte tous les éloges que je faisais de son neveu. Ah! comme l'amour-propre nous aveugle.

SCENE VII.

MARTON, LISVAL.

LISVAL.

Ah ! ma chere Marton, je viens d'avoir une belle ſurpriſe. Heureuſement que la reconnaiſſance ne s'en eſt pas ſuivie. Ce vieux Monſieur...

MARTON.

Eſt votre oncle, je ſuis inſtruite.

LISVAL.

S'il m'avait reconnu? je ſuis ſon héritier.

MARTON.

Son héritier ? Ah ! ce n'eſt pas-là tout-à-fait ſon deſſein.

LISVAL.

Comment ?

MARTON.

Il eſt votre rival, il adore Madame, il veut l'épouſer, & je lui ai promis de le ſervir dans ſes amours.

LISVAL.

Tu me trahirais !

MARTON.

Il m'a donné une bague ſuperbe.

LISVAL.

Se peut-il que l'intérêt?

MARTON.

Ah! vous prenez la choſe au ſérieux. Vos ſoupçons m'outragent.

LISVAL.

Tu t'accuſes, & l'apparence...

MARTON.

L'apparence trompe ſouvent, je viens d'en avoir la preuve. Je trouve votre oncle ici. Il me dit que Liſval adore Madame la Comteſſe. Je réponds que Liſval eſt charmant. Mon éloge l'enchante. Je dis tout le bien que je penſe de Liſval; il penſe de ſon côté tout le bien que j'en dis. Il demande mes ſecours pour Liſval; je les lui promets du meilleur de mon ame: je ſuis tout cœur pour Liſval; mais la différence, c'eſt que je parle du neveu & qu'il parle de l'oncle. Eſt-ce ma faute ſi vous portez tous deux le même nom; & ſi cela eût dépendu de moi, j'aurais uni tout de ſuite le vieux Liſval à la jeune Comteſſe, ſans être pour cela ni plus méchante, ni plus coupable.

LISVAL.

Je connais la Comtesse, & les prétentions de mon oncle ne m'épouvantent pas. Sa rencontre m'a surpris. Il m'a regardé sans me reconnaître. Il me croit à Paris dans le sein des plaisirs, & cet acoutrement me change assez, joint à la prévention où il est pour que je ne craigne pas sa présence. Mais, ma chere Marton, ma position devient à tout moment plus embarrassante & plus cruelle.

MARTON.

En quoi donc cruelle?

LISVAL.

Je vois à chaque instant celle que j'adore.

MARTON.

C'est un bonheur pour un amant.

LISVAL.

C'est un tourment pour moi. Elle me dit qu'elle m'aime.

MARTON.

Cet aveu vous afflige?

LISVAL.

Elle m'aime comme amie.

MARTON.

Elle l'imagine.

LISVAL.

Dans une effuſion de cœur, elle m'a embraſſé ce matin, Marton.

MARTON.

Et cela vous fâche ?

LISVAL.

Elle a cru embraſſer une femme.

MARTON.

Et vous en êtes jaloux ?

LISVAL.

Elle me jure à tout moment qu'elle renonce pour jamais à l'amour.

MARTON.

L'amour ſe venge ſans qu'elle s'en doute.

LISVAL.

Tu crois ?

MARTON.

J'en ſuis ſûre. Elle ne voit pas clair dans ſon cœur. Elle ignore ce qui s'y paſſe. Un inſtinct ſecret la trompe, & la conduit malgré elle au but où nous arrivons toutes.

LISVAL.

Ah ! s'il était possible ?

MARTON.

Allez, allez, Monsieur, une femme a beau dire, il faut qu'elle paie la dette que la nature nous impose en naissant. Elle ne nous donne un cœur tendre que pour aimer. Un peu plutôt, un peu plus tard, nous en passons toujours par-là ; enfin, ou je m'y connois mal, ou le moment de Madame est arrivé.

LISVAL.

Je ne puis plus vivre avec elle comme je vis ; éprouver tous les feux de l'amour, & commander à sa bouche de n'employer que la froide expression de l'amitié ; sentir tout près de soi l'objet que l'on adore, & n'oser le serrer contre son cœur, contraindre ses desirs lorsque tout les fait naître : voilà mon état. Car enfin je serais un monstre si j'abusais de sa douce confiance. C'est une colombe sans défense qui se réfugie dans mon sein. Elle voulait, Marton, à toute force hier au soir que je restasse dans son appartement. Un tremblement universel s'empare de mes sens. Je rougis, je pâlis, mes jambes fléchissent sous moi : elle croit que je suis incommodé. Elle passe ses beaux bras autour de mon cou, & en cherchant à me soulager d'un mal que je n'ai pas; elle augmente celui dont je meurs à chaque inſtant.

MARTON.

J'avoue que votre ſituation eſt critique pour un homme de vingt ans.

LISVAL.

Marton, je n'y puis plus réſiſter. Un jour ſans doute elle me ſaura gré des efforts inouis que je fais pour me contraindre.

MARTON.

Ah! ſans contredit celui qui reſpecte ſa maîtreſſe ſait être bon mari, & l'épouſe tendre vous dédommagera des maux que vous fait ſouffrir l'amante qui l'ignore.

LISVAL.

Il faut me découvrir; mais cet aveu eſt difficile.

MARTON.

Il faut qu'il naiſſe d'une circonſtance.

LISVAL.

Elle me montre tant de répugnance pour un nouvel engagement.

MARTON.

Il n'y en aura plus, lorſqu'elle ſaura qui vous êtes.

LISVAL.

Son premier époux l'a rendue malheureuse.

MARTON.

Pouvait-ce être autrement. Il était vieux, avare & jaloux.

LISVAL.

Ah ! si elle savait que je ne veux vivre que pour son bonheur, que je n'aurai de volontés que les siennes, que ses moindres desirs seront mes loix ; elle ne redouterait pas un lien où je ferai disparaître les droits de l'époux que pour ne laisser voir que les attentions de l'amant le plus passionné.

MARTON.

Ils parlent tous de même, & c'est avec ce langage qu'ils nous séduisent & nous enchaînent.

LISVAL.

Ah ! je ne changerai jamais.

SCENE VIII.

MARTON, LA COMTESSE, LISVAL.

LA COMTESSE.

Vous ſavez, Marton, que je ne reçois perſonne. Pourquoi avez-vous dit au Baron que j'étais viſible ?

MARTON.

C'eſt Finette, Madame, qui a commis cette indiſcrétion. (*à part.*) Elle ne grondera pas Finette.

LA COMTESSE.

Finette eſt encore nouvelle dans ma maiſon.

MARTON.

Elle connaît mieux que moi votre façon de penſer à cet égard.

LA COMTESSE.

Elle connaît mieux ? Vous voilà avec vos jalouſies ordinaires contre cette fille ? Ne dirait-on pas que j'ai des préférences pour elle ? En vérité les domeſtiques ſont bien injuſtes! ſon ſervice m'eſt agréable, je la traite avec douceur parce qu'elle le mérite ; mais n'en usé-je pas de même avec vous ? Faut-il pour vous obliger que je la maltraite parce qu'elle est moins ancienne que vous dans la maison ? Des circonstances malheureuses l'ont forcée de prendre un état pour lequel elle n'était pas née. Son éducation la trahit malgré sa réserve, n'est-elle pas assez à plaindre d'être réduite à servir pour que je ne me fasse pas un devoir d'adoucir sa condition.

LISVAL.

Madame, je sens chaque jour davantage le prix de vos bontés pour moi. Daignez me pardonner une faute involontaire.

LA COMTESSE.

Je crains les nouvelles connaissances & voilà tout. D'ailleurs le Baron de Lisval a l'air d'être de bonne société.

MARTON.

J'ai toujours desiré de vous voir liée avec lui.

LA COMTESSE.

Il est un de ces hommes qui mettent les gens à leur aise en s'y mettant eux-mêmes. Il m'a parlé avec ce ton d'amitié & d'intérêt.

LISVAL.

Que vous inſpirez à tout le monde.

LA COMTESSE.

Vous me flattez, Finette.

MARTON.

Oh ! non. Madame, quand vous êtes abſente Finette ne ceſſe de m'entretenir de vous. Jamais maîtreſſe ne fut plus aimée que vous l'êtes... de Finette.

LA COMTESSE.

Voilà qui me raccommode avec vous, Marton, je croyais que vous haïſſiez cette fille.

MARTON.

Moi, Madame ? eh ! pourquoi ? c'eſt moi qui vous l'ai donnée, & quand vous connaîtrez toutes ſes qualités ; combien elle déſire votre bonheur & ce qu'elle ferait ſi cela dépendait d'elle pour le hâter : vous me remerciriez bien davantage d'avoir ſu l'introduire auprès de vous.

LA COMTESSE.

Vous ne ſauriez croire le plaiſir que vous me faites en parlant ainſi. Il eſt ſi doux de voir régner la concorde au ſein de ſa maiſon, & de ne raſſembler autour de ſoi que des perſonnes qui s'aiment. Les grandes haines naiſſent ſouvent des moindres tracaſſeries ; il ſuffit d'un rien pour altérer le bonheur. Ce n'eſt que chez ſoi que l'on le trouve. Je n'ai plus de famille, de parens, je ſuis iſolée, & je ſerais malheureuſe ſi tous ceux qui m'entourent ne concourraient pas à conſerver cette paix ; cette tranquillité pour laquelle j'ai fui le monde & ſes vains amuſemens.

MARTON.

Vous ne voulez donc recevoir perſonne.

LA COMTESSE.

Je ne ſuis pas ridicule, j'ai des amis.

MARTON.

De l'âge du Baron de Liſval ?

LA COMTESSE.

Je l'ai retenu à dîner. Il eſt venu fort à propos pour me rendre ſervice. Mon Notaire, que j'avais prié de venir ici, m'a apporté les papiers que je lui avais demandés. Il m'entretenait d'un objet litigieux où j'entendais peu de choſe ; l'obligeant Baron, qui eſt au fait des affaires, a bien voulu diſcuter mes intérêts, & je les ai laiſſés enſemble.

MARTON.

Si vous recevez le Baron, vous ne pourrez

rez pas vous dispenser de recevoir aussi son neveu?

LA COMTESSE.

Oh! pour celui-là, non. Son oncle ne m'en a dit qu'un mot, & ce mot suffit pour qu'il ne m'en veuille pas de le prier instamment de ne me jamais conduire son neveu.

MARTON.

Ah! Madame, si vous connaissiez le jeune Marquis de Lisval, vous ne vous préviendriez pas ainsi contre lui. Ne savez-vous pas comme sont tous ces oncles chagrins & grondeurs, qui oublient qu'ils ont été jeunes, qui font des crimes des choses les plus innocentes, & qui ne peuvent se dispenser d'éprouver un sentiment de jalousie contre un pauvre héritier, qui, sans le vouloir, les avertit de leur retraite, & qui n'a enfin d'autre tort que celui d'être né cinquante ans après eux.

LA COMTESSE.

Vous embrassez chaudement les intérêts de ce neveu.

MARTON.

C'est, Madame, qu'il mérite qu'on s'intéresse à lui. Demandez, demandez à Mademoiselle Finette.

LA COMTESSE.

Vous le connaissez, Finette ?

LISVAL.

Oui, Madame.

LA COMTESSE.

Est-ce un aussi mauvais sujet que le dit son oncle ?

LISVAL.

Madame.

LA COMTESSE.

Finette rougit, baisse les yeux, son cœur est honnête, & son silence me prouve que l'oncle n'a pas tant de tort de lui en vouloir.

MARTON.

A ça, Mademoiselle Finette, je ne suis pas plus payée que vous, je crois, pour dire du bien du Marquis de Lisval ? N'est-il pas vrai que si par hasard Madame voulait contracter de nouveaux nœuds, il n'est aucun homme qui lui convînt mieux, & qui l'aimât davantage : vous le connaissez, je m'en rapporte à vous ; mais répondez donc, Mademoiselle Finette ?

LISVAL.

S'il était assez heureux pour voir agréer son

hommage, chacuns de ses jours seraient employés à faire le bonheur de mon aimable maîtresse. Eh ! qui pourrait-il aimer qui fût plus digne qu'elle, de mériter tous les vœux de son cœur.

LA COMTESSE.

Il y a là-dessous quelque chose qui n'est pas naturel, & vous avez toutes les deux vos raisons pour me parler avec tant d'éloge de ce jeune homme que je ne veux point voir, & que je ne verrai point.

MARTON.

Je n'ai d'autre raison que le desir de vous voir heureuse. Lisval est précisément l'époux qui vous convient. Vous êtes généreuse, il est bienfaisant. Vous êtes belle, c'est un cavalier charmant. Vous êtes au primtems de vos jours, il est à la fleur des siens. Fortune, naissance, caractere, esprit, talens, inclinations, humeur, tout vous assortit; & si vous n'êtes pas unis l'un à l'autre, vous manquerez l'un & l'autre votre bonheur.

LA COMTESSE.

Vous le protégez avec une chaleur qui m'est suspecte. Et vous, Finette, êtes-vous également prévenue en sa faveur ?

LISVAL.

Je craindrais de vous déplaire, en vous

parlant d'après les vœux que je crois pouvoir former pour votre félicité.

LA COMTESSE.

Parlez, je vous l'ordonne; mais parlez-moi comme à votre amie.

LISVAL.

Je ne pense pas autant de bien du Marquis de Lisval que Mademoiselle Marton; mais je connais les sentimens du Marquis: je sais qu'il vous adore.

LA COMTESSE.

Il vous a donc prise pour sa confidente?

MARTON.

Il lui a tout dit.

LA COMTESSE.

Et vous me verriez avec plaisir l'épouse de Lisval?

LISVAL.

Le ton avec lequel vous me faites cette question m'impose silence. Je vois avec douleur que vous haïssez Lisval sans le connaître. Tout son crime cependant est de vous aimer. Ne craigez plus aucune démarche indiscrette de sa part. Instruit de vos sentimens, il saura renfermer ses feux. Il pourra mourir de son amour; mais il n'offensera jamais par un aveu téméraire celle qu'il a juré de respecter toute sa vie.

LA COMTESSE.

Si quelqu'un pouvait m'intéresser en sa faveur, vous êtes peut-être la seule à qui je pusse permettre de m'en entretenir. Je ne vous défends pas ; mais je vous prie de ne me plus parler de lui, ni d'aucun autre homme. Vous avez lu dans mon cœur, Finette, vous savez qu'heureuse dans ma retraite, l'étude & l'amitié suffisent à mon repos.

LISVAL.

Ah ! Madame, l'étude & l'amitié peuvent occuper le cœur ; mais ne le remplissent jamais. C'est avec un époux tendre & toujours fidele, qu'une jeune femme peut jouir d'une paix sans mêlange. C'est des épanchemens d'une union intime qu'elle peut seulement naître. On s'abuse soi-même quand on veut trouver le bonheur où il n'est pas. Une sollicitude secrette nous mene insensiblement à le chercher où il est, & où la nature, qui ne nous trompe jamais, a voulu qu'il existât pour tous les êtres & dans tous les tems.

LA COMTESSE, *avec sévérité.*

Mademoiselle, chacun a sa manière de voir & de sentir. Je devine aisément qu'il vous faut plus que de l'amitié ; vous ne trouveriez pas (à ce que je présume) dans ma maison ce qui manque pour vous rendre heureuse, & vous êtes libre de vous retirer dès aujourd'hui.

LISVAL.

Madame.

LA COMTESSE, *avec bonté.*

Soyez sans inquiétude sur votre sort ; mes bienfaits vous suivront par-tout.

SCENE IX.

MARTON, LISVAL.

LISVAL.

EH bien ! Marton.

MARTON.

Eh bien ! Monsieur ? .... Madame en tient.

LISVAL.

Elle me chasse.

MARTON.

Elle serait bien fâchée de vous voir partir. La pauvre femme n'est pas du tout à ſon aiſe. Elle donnerait beaucoup pour ſavoir auſſi-bien que moi ce qui ſe paſſe dans ſon cœur. O nature ! nature ! on ne t'en impoſe pas.

LISVAL.

Oh ! ſi j'étais aſſez heureux ?

MARTON.

Vous êtes aimé, vous dis-je. Il eſt mille nuances que vous autres hommes ne ſavez pas ſaiſir, & qui n'échappent jamais à l'œil clairvoyant d'une femme. Soyez ſans inquiétude, je vais faire votre paix avec elle. L'inſtant eſt arrivé où vous pouvez vous découvrir, ſans craindre ni ſon courroux, ni même ſes reproches.

LISVAL.

S'il était poſſible ?

MARTON.

Allez, allez, je connais mon ſexe. Les extravagances qu'on fait pour nous, peuvent nous étonner quelquefois ; mais ne nous offenſent jamais ſincérement.

SCENE X.

LISVAL, FRONTIN.

FRONTIN, *à part.*

BON ! Marton s'éloigne, saisissons l'instant pour parler à Finette.

LISVAL, *à lui-même*

Marton a beau dire, je ne me sens pas rassuré.

FRONTIN.

Serviteur à Mademoiselle Finette.

LISVAL, *à part.*

Que me veut ce faquin ?

FRONTIN.

Mademoiselle, depuis que l'on a le bonheur de vous posséder dans cette maison, il est impossible de se procurer un quart-d'heure de conversation avec vous.

LISVAL.

Pardon Monsieur, je n'aime point à causer.

FRONTIN.

C'eſt une qualité de plus. Une bavarde eſt une choſe inſupportable.

LISVAL.

Un bavard n'eſt pas moins ennuyeux, & je vous laiſſe.

FRONTIN.

Vous êtes impolie.

LISVAL.

Je ſuis vrai.

FRONTIN.

L'un revient quelquefois à l'autre.

LISVAL.

Tant pis pour ceux que la vérité offenſe.

FRONTIN.

Vous êtes jolie, Mademoiſelle.

LISVAL.

Vous êtes en vérité bien honnête, & je ne m'attendais point à ce compliment.

FRONTIN.

C'eſt que je ſuis poli & vrai, moi. Je vous aime à la folie. (*à part.*) Comme c'eſt mentir.

LISVAL.

Ah ! ah ! j'ai fait la conquête de Monsieur Frontin !

FRONTIN.

Quel air vous prenez ! Eſt-ce que vous ne m'aimeriez pas par haſard? Là, regardez-moi bien.

LISVAL.

Je vous regarde.

FRONTIN.

Hé bien ?

LISVAL.

Vous me faites pitié.

FRONTIN, *à part.*

Quelle ſinguliere fille. Eſt-ce qu'elle la vue baſſe ?

LISVAL.

Bon ſoir.

FRONTIN.

Un mot.

LISVAL.

Vous m'impatientez.

FRONTIN.

C'eſt pour votre intérêt que j'ai à vous parler.

LISVAL.

Pour mon intérêt ?

FRONTIN.

Vous aimez Madame la Comteſſe ?

LISVAL.

Qui vous l'a dit ?

FRONTIN.

Qui me l'a dit ? Tout. Vos attentions pour elle ; mais elle vous le rend bien.

LISVAL.

Que vous importe ?

FRONTIN.

Comme vous me répondez.

LISVAL.

Comme je m'inquiette peu de ce que vous faites, je vous prie d'avoir la même indifférence pour tout ce qui me regarde.

FRONTIN.

Vous ne m'entendez pas. Je ne suis point jaloux de l'amitié que Madame vous témoigne; mais je veux vous aider à la gagner tout-à-fait.

LISVAL.

Expliquez-vous.

FRONTIN.

Vous vous radouciſſez.

LISVAL.

Qu'avez-vous à me dire?

FRONTIN.

Madame eſt veuve.

LISVAL.

Je le ſais.

FRONTIN.

Un mari lui conviendrait à ravir.

LISVAL.

Après.

FRONTIN.

J'en ai un tout trouvé pour elle.

LISVAL.

Il ſe nomme ?

FRONTIN.

Liſval.

LISVAL.

Liſval ? vous êtes donc inſtruit ?

FRONTIN.

C'eſt à moi qu'il s'eſt adreſſé.

LISVAL.

C'eſt à vous qu'il s'eſt adreſſé. Vous êtes un impoſteur : jamais le Marquis de Liſval ne vous a parlé.

FRONTIN.

Je ne vous parle pas du Marquis de Liſval. C'eſt un petit libertin qui ſera déshérité je l'eſpere. Je parle de l'oncle.

LISVAL.

Ah ! ah !

FRONTIN.

Il m'a donné dix louis d'or pour le ſervir. Il ſe charge de votre fortune & de la mienne, ſi nous réuſſiſſons à déterminer Madame.

LISVAL, *à part.*

Ce maraud mériterait.

FRONTIN.

Avoue, mon enfant, que malgré a fierté, la récompense te séduit. Tiens, le Notaire est ici : emploie ton éloquence à faire accepter le Baron par Madame ; notre contrat se fera à l'ombre du sien.

LISVAL, *à part,*

Il me prend une démangeaison de rosser ce drôle.

FRONTIN (*prend le Marquis à bras le corps pour l'embrasser.*)

Allons, allons friponne, cesse de faire la cruelle.

LISVAL, *lui donnant un soufflet.*

Insolent !

FRONTIN, *se reculant.*

Tu dieu, Mademoiselle, pour une fille bien élevée, vous avez la main diablement lourde.

LISVAL.

Maraud !

FRONTIN.

Mais, Mademoiselle, il ne faudrait pas y revenir, entendez vous.

LISVAL, *va à lui, le prend par le collet.*

Ventre bleu! cesse tes propos, ou je te traite comme tu le mérites.

SCENE XI.

FRONTIN.

Cette fille a dans ses manieres une rusticité qui me désoriente. La vigueur de ce soufflet, sa haine pour moi, ce ventre bleu si rondement prononcé... Tout cela me fait naître des soupçons. Ce n'est point une femme. Certains mots échappés, & que je me rappelle... Son intimité avec Marton? Ce n'est point une femme. Ah! mon petit Monsieur, vous me paierez l'outrage que vous m'avez fait. Pour le compte de qui est-il ici? Est-ce pour Marton? Est-ce pour Madame? Qu'importe. S'il est céans pour le compte de Marton, on les mettra tous les deux à la porte, & je les verrai remplacés par des femmes-de-chambres qui auront du moins des yeux. Si, comme il y a lieu de le croire, il est ici pour le compte de Madame, je le ferai repentir d'intriguer sans me mettre de la partie; & d'une ou d'autre maniere, j'aurai le plaisir de me venger de son indigne conduite envers moi. Bon! voici Madame fort à propos,

---

SCENE XII.

LA COMTESSE, FRONTIN.

FRONTIN.

AH! Madame, je viens vous donner l'avis le plus important.

LA COMTESSE.

Que veut dire cet air effaré?

FRONTIN.

Il n'y a plus de bonne foi, plus d'honneur, plus de probité dans le monde.

LA COMTESSE.

Point de préambule.

FRONTIN.

On vous trompe, on vous trahit.

LA COMTESSE.

Qui me trahit ?

FRONTIN.

Un traitre s'eſt gliſſé dans votre maiſon.

LA COMTESSE.

Je ſuis ſûre de tous mes gens. Pourquoi vouloir me donner des ſoupçons ſur leur compte ?

FRONTIN.

Vous êtes ſûre ? Et cette demoiſelle Finette, ſi hypocrite en votre préſence, ſi hardie quand vous n'y êtes pas.

LA COMTESSE.

Qu'a-t-elle donc fait ?

FRONTIN.

Il vient de me donner le plus beau ſoufflet.

LA COMTESSE.

Il vient de vous donner ? De qui parlez-vous ?

FRONTIN.

De Finette, de lui.

LA COMTESSE.

De lui? Vous êtes fou.

FRONTIN.

Oui, Madame, de lui.

LA COMTESSE.

D'elle, dites donc.

FRONTIN.

Ah! Madame, ce n'est point une *elle*; c'est un *lui*.

LA COMTESSE.

Expliquez-vous mieux?

FRONTIN.

Finette est un homme.

LA COMTESSE.

Finette est un homme! Qui vous l'a dit?

FRONTIN.

D'abord Marton & lui, Finette, sont intimes, & deux femmes ne s'aiment pas comme cela.

LA COMTESSE.

Sont-ce-là toutes vos preuves?

FRONTIN.

Finette m'en a donné une sensible, & jamais main de femme n'appliqua un soufflet si bien conditionné.

LA COMTESSE.

Il fallait que vous l'eussiez mérité. C'est la douceur même.

FRONTIN.

La peste! quelle douceur! c'est que Monsieur Finette jure outre cela.

LA COMTESSE.

Jure?

FRONTIN.

Comme un grenadier.

LA COMTESSE.

Vous m'étonnez. Et qui, supposez-vous qui ait pu le déterminer à ce déguisement?

FRONTIN.

J'aurais d'abord pensé que c'est à Marton qu'il en veut, si son soufflet ne m'eût persuadé qu'il se pourrait bien que Madame entrât pour quelque chose dans son travestissement.

LA COMTESSE.

Moi? Qui vous le fait croire?

FRONTIN.

Sa jalousie.

LA COMTESSE.

Sa jalousie?

FRONTIN.

Oui, Madame, sa jalousie. Vous savez que le Baron de Lisval est amoureux de vous.

LA COMTESSE.

Je sais cela?

FRONTIN.

Il n'en fait pas un mystère. Il m'avait prié de parler pour lui; mais je ne suis pas fait pour me charger de pareille commission. Si j'avais cru que Madame eût voulu se remarier, j'aurais peut-être pu faire remarquer à Madame que le Baron de Lisval a bien des qualités, qu'il est d'abord riche & très-vieux.

LA COMTESSE.

Monsieur Frontin!

FRONTIN.

Mais je connais votre répugnance pour de nouveaux engagemens, & je lui ai nettement dit qu'il n'avait rien à espérer.

LA COMTESSE.

Et vous avez fort bien fait; mais quel rapport tout ceci a-t-il avec Finette?

FRONTIN.

Quel rapport? Le voici. J'ai trouvé là ce Finette. Je lui ai parlé en l'air des desseins du Baron. Je n'ai pas plutôt eu ouvert la bouche de cela, qu'il est entré dans une fureur inconcevable. Il m'a sauté à la gorge, je me suis dépétré de ses mains comme j'ai pu; mais pas assez lestement pour éviter le souflet dont j'ai déja eu l'honneur de vous dire qu'il m'a gratifié.

LA COMTESSE.

Est-ce tout?

FRONTIN.

Je vous fais grace des sotises énergiques dont il m'a affublé. Si pourtant Madame en exigeait un récit fidele?...

LA COMTESSE.

C'est bon. Faites venir Finette,

FRONTIN.

Oui, je vais vous envoyer ce petit Monſieur là. Vous allez ſans doute lui donner ſon congé pour le punir de manquer auſſi eſſentiellement aux égards qu'on doit à une perſonne de votre rang. Si la choſe s'ébruitait, ſongez aux propos ſcandaleux...

LA COMTESSE.

Finiſſez vos remarques. De la diſcrétion, ou je vous chaſſe.

FRONTIN.

Oui, Madame. (*à part.*) J'ai ſon ſecret, on me paiera mon ſilence.

SCENE XIII.

LA COMTESSE.

CETTE Finette, pour qui je me sentais une amitié si tendre, ne serait qu'un amant déguisé ? L'inconséquence de sa conduite pourrait donner lieu aux interprétations les plus malignes. Les discours de Frontin me font pressentir ceux du public. Mais ce Frontin est un mauvais sujet, jaloux, comme la plupart des domestiques, d'une préférence méritée. Son récit était orné de circonstances qui ne peuvent être vraies... Cependant si Finette n'était pas ce qu'elle paraît être à mes yeux! Ah ! Frontin s'est trompé dans ses conjectures. Finette me parlait encore ce matin en faveur du Marquis de Lisval ; & si Finette était un homme, que cet homme eût de l'amour pour moi, il ne s'intéresserait pas au bonheur d'un rival. Mais ne serait-ce pas le Marquis de Lisval lui-même ? Son absence de chez son oncle, qui se rapporte à l'époque de l'entrée de Finette dans ma maison... je ne sais que penser? Il faut que ce jeune homme soit bien étourdi, ou qu'il ait bien de l'amour... je dois éclaircir ce mystere... Le voici: je vais le mettre à une épreuve qui lui arrachera son secret.

SCENE XIV.

LA COMTESSE, LISVAL.

LISVAL.

MADAME, on m'a dit que vous me demandiez ?

LA COMTESSE.

Finette, vous êtes mon amie.

LISVAL.

Les ſentimens que je vous ai voués ne finiront qu'avec ma vie.

LA COMTESSE.

Vous avez vu chez moi le Baron de Liſval.

SCENE XV.

LE BARON, *dans le fond*; LA COMTESSE, LISVAL.

LE BRRON, *à part.*

ON parle de moi. Ecoutons.

LISVAL.

Oui, Madame.

LA COMTESSE.

Il a l'air d'un galant homme.

LE BARON, *à part.*

Sans doute.

LISVAL.

Madame, ce n'eſt pas à moi à le juger.

LA COMTESSE.

Il me recherche en mariage.

LE BARON, *à part.*

Frontin a parlé, bon!

LISVAL.

Je n'en ſavais rien, Madame.

LA COMTESSE.

Pardonnez-moi. Frontin vous a parlé de ſa part, & vous avez fort mal reçu ſa propoſition.

LISVAL.

Moi, Madame?

LA COMTESSE.

Frontin ajoute même que vous l'avez maltraité. J'ai reçu ſes plaintes.

LISVAL.

Monſieur Frontin a voulu prendre avec moi de certaines libertés, & j'ai cru pouvoir lui impoſer ſilence.

LA COMTESSE.

Je n'en ſuis pas ſur cet article; vos démêlés avec Monſieur Frontin ne m'inquietent point; mais je trouve fort mauvais que vous vous déclariez contre un homme que j'eſtime.

LE BARON, *à part.*

Elle a raiſon.

LISVAL.

C'eſt que j'ai cru que le Baron de Liſval ne vous convenait pas.

LE BARON*, *à part.*

Voyez un peu l'impertinence!

LA COMTESSE.

Et pourquoi ne me conviendrait-il pas?

LISVAL.

Son âge d'abord ſi différent du vôtre.

LA COMTESSE.

Mais le Baron de Liſval eſt jeune encore.

LE BARON, *à part.*

Eh! mais....

LA COMTESSE.

Il eſt aimable.

LE BARON, *à part.*

Belle Comteſſe!

LA COMTESSE.

Plein d'eſprit, & je crois qu'une femme

ne pourrait qu'être parfaitement heureuse avec lui.

LE BARON, *à part & enchanté.*

Ah ! oui, oui, oui.

LA COMTESSE.

Mon Notaire est ici fort à propos. Je ferai en sorte que le Baron s'explique, & j'accepte ses propositions dès aujourd'hui.

LE BARON, *à part.*

Allons vîte faire dresser le contrat pour qu'elle n'ait plus qu'à signer.

SCENE XVI.

LA COMTESSE, LISVAL.

LA COMTESSE.

Vous ne répondez rien, Finette?

LISVAL.

Madame....

LA COMTESSE.

Parlez ; mon bonheur prochain vous afflige-t-il ?

LISVAL.

Madame...

LA COMTESSE.

Que signifie cet air triste?

LISVAL.

Eh! Madame, comment ne le serais-je pas? Cet instant décide du malheur de ma vie entiere.

LA COMTESSE.

Qu'a donc de si affreux pour vous mon himen avec le Baron?

LISVAL.

Il n'est plus tems de feindre. Je suis coupable envers vous, Madame; mais mon désespoir expiera mes torts. Je ne suis point ce que vous m'avez cru. Vous voyez sous les habits d'une femme l'amant le plus tendre qui fût jamais.

LA COMTESSE, *les premiers mots, à part.*

Qu'entends-je? Il est donc vrai. — Vous m'aimez, Monsieur, & vous n'avez pas craint de compromettre ma réputation par une démarche aussi hasardée?

LISVAL.

Un ſeul regard décida de mon ſort ; je vous vis, & je vous adorai. Tout accès était interdit auprès de vous. Il ne me reſtait que ce moyen pour vous voir, vous entendre, & j'oſai l'employer. Ne croyez pas que j'aie jamais nourri dans mon cœur aucun eſpoir criminel ; je n'ambitionnais d'autre félicité que celle de reſpirer le même air que vous. Rappellez-vous que jamais vous n'avez eu lieu de vous plaindre de mes procédés. Mon reſpect égalait mon amour. Je ſerais mort plutôt que de vous déplaire. Hélas ! j'ai eu le bonheur de vous intéreſſer comme amie ; vous avez ſouvent daigné me donner ce nom, & vous allez m'accabler de votre haine pour me punir d'avoir trop écouté mon amour. Vous ne verrez que mes torts, & je me rappellerai toujours cette bonté ſi touchante, ces vertus ſi douces qui vous font adorer de tout ce qui vous approche. J'irai loin de vos yeux mourir de douleur de vous ſavoir entre les bras d'un autre, & du regret affreux d'avoir pu vous déplaire.

LA COMTESSE.

Votre imprudence eſt inexcuſable. Elle pourrait m'expoſer à des bruits injurieux ſi quelqu'un vous eût reconnu. Heureuſement ce malheur n'eſt point arrivé. C'eſt à vous à ensevelir cette aventure dans un éternel oubli.

LISVAL.

Ah ! Madame, celui qui vous aime une fois, doit vous respecter toute sa vie. Ce n'est point à vous à souffrir de mon étourderie, j'en dois porter seul la juste punition.

SCENE XVII.

MARTON, LA COMTESSE, LISVAL.

MARTON *entre très-vîte.*

DOIS-JE croire ce qu'on vient de m'apprendre ? Le Baron de Lisval...

LISVAL.

Ah ! ma chere Marton, tout est connu. Elle me chasse, elle épouse mon oncle.

LA COMTESSE.

Vous êtes le Marquis de Lisval ? Je ne m'étonne plus, Mademoiselle Marton, du bien que vous ne cessiez de m'en dire.

MARTON.

Avouez qu'il le mérite ; mais puiſque vous épouſez l'oncle, je vois bien qu'il faut que Monſieur prenne ſon parti, & que je faſſe mon paquet.

LA COMTESSE.

Je n'épouſe pas le Baron de Liſval.

LISVAL.

Quoi, Madame ? Eh ! c'eſt vous qui me l'avez dit.

LA COMTESSE.

C'était une épreuve pour vous arracher votre ſecret.

MARTON.

Vous n'aviez pas beſoin de cette épreuve. L'amour allait faire parler Monſieur ; il n'y tenait plus, & moi, le ſilence me ſuffoquait. J'allais tout vous déclarer par l'excès d'amitié que je vous porte.

LA COMTESSE.

C'était en ne vous mêlant pas d'une pareille intrigue que vous deviez me prouver votre attachement. Monſieur voudra bien, en s'éloignant dès aujourd'hui, faire ceſſer

cesser les soupçons auxquels la légéreté de sa conduite aura peut-être donné lieu.

LISVAL.

Oui, Madame, je m'éloignerai. Je pars le plus malheureux des hommes, je pars accablé de votre haine, que je n'ai que trop méritée. (*Il va pour sortir.*)

LA COMTESSE, *vivement & se reprenant.*

Je... je ne vous hais pas, Monsieur.

MARTON, *à part.*

Il ne partira pas. (*d'un ton affecté.*) Je vois, Madame, que vous allez aussi me donner mon congé. Je sens toute l'énormité de ma faute. On sait déja dans la maison que vous avez eu auprès de vous pendant cinq semaines un amant travesti. C'est Frontin qui raconte la chose, & qui la donne sous le secret à tous les domestiques. On chuchotte; cela va s'ébruiter. Ce Frontin est bien le plus mauvais sujet... C'est une langue de vipère, un esprit inventif, il brodera le roman. Vous savez combien l'on est méchant dans le monde; on accueillera ses récits, on renchérira par-dessus, & avec les meilleures intentions du monde, j'aurai à me reprocher d'avoir fait le malheur de ma chere maîtresse.

LA COMTESSE.

Vous m'épouvantez, Marton. Il ne ſert donc à rien d'avoir des principes & de la vertu ! voilà, Monſieur, le fruit de votre imprudence.

LISVAL.

Votre douleur me pénétre. Vous m'accablez par vos reproches ; mais, Madame, ne craignez rien de l'indiſcrétion de Frontin. Je ſaurai le forcer au ſilence.

MARTON.

Il parlera, Monſieur, il parlera. On ne fait pas taire un bavard ; mais ſi Madame voulait il y aurait un moyen tout ſimple de clore la bouche aux méchants.

LA COMTESSE.

Parle ma chere Marton.

MARTON.

Je ſens Madame que ce moyen vous coûtera.

LA COMTESSE.

Quel eſt-il enfin ?

MARTON.

Ce ſerait d'épouſer Monſieur.

LA COMTESSE.

Marton !

MARTON.

Je ne vous dirai pas pour vous déterminer qu'il vous adore, que vous ferez avec lui la plus heureufe des femmes. Ces confidérations ne fe comptent pour rien aujourd'hui, lorfqu'il s'agit d'un mariage ; mais fongez à votre réputation ! vous faites taire la calomnie & l'étourderie de Monfieur, qui va retomber fur vous fi vous le refufez, devient en l'époufant une rufe d'amour innocente & permife.

LISVAL.

Ma belle Comteffe !

MARTON.

Que l'intérêt de votre gloire vous touche en fa faveur.

SCENE XVIII & derniere.

MARTON, LE BARON, LA COMTESSE, LISVAL, LE NOTAIRE, FRONTIN.

LE NOTAIRE (*au Baron en entrant sur la Scene.*

VOUS l'avez voulu, Monsieur le Baron; mais je vous garantis que c'est du tems & du papier perdus.

LE BARON.

Que diable, Monsieur le Notaire, vous êtes d'un entêtement qui ne ressemble à rien.

LE NOTAIRE.

Cela, vous dis-je, n'est pas croyable.

LE BARON.

Ah! quel homme! vous allez voir. Ma belle Comtesse, tout est selon vos intentions; vous serez contente; les articles sont tous dressés en votre faveur. Il ne reste plus d'autre formalité à remplir que celle d'apposer votre signature, & d'y joindre celle des témoins.

MARTON, *en riant.*

Comment, Monsieur le Baron, est-ce que vous faites votre testament?

LE BARON.

Qu'appelles-tu mon testament? C'est bien mon contrat de mariage.

LA COMTESSE.

Votre contrat de mariage? Et avec qui?

LE BARON.

Avec vous, mon adorable Comtesse, avec vous.

LA COMTESSE.

Avec moi?

LE BARON.

Sans doute.

LA COMTESSE.

Cessons ce badinage.

LE BARON.

Je ne badine point, je vous épouse.

LA COMTESSE.

Vous m'épousez? Il est fort celui-là.

LE BARON.

C'est vous-même qui le voulez. Demandez à cette fille. Elle était avec vous... j'étais-là moi ; j'ai tout entendu, il n'est plus tems de s'en dédire.

LA COMTESSE.

Vous nous écoutiez donc ?

LE BARON.

Je venais sans dessein ; vous parlez de moi ; je m'arrête ; vous avouez votre flâme pour moi ; vous vous félicitez que le Notaire soit ici ; je cours lui faire dresser le conrrat. Il est tout prêt : il ne reste plus qu'à signer.

LA COMTESSE.

Je vous demande bien pardon, Monsieur le Baron ; mais c'est qu'en vérité je ne savais pas que vous nous écoutiez.

LE BARON.

Que voulez-vous, le mot est lâché. Point de fausse honte. Aux termes où nous en sommes elle serait déplacée.

LA COMTESSE.

Vous ne m'entendez pas.

MARTON.

Il y a du quiproquo, Monsieur le Baron.

LE BARON.

Comment du quiproquo ? Non, non ; j'ai graces au ciel l'ouie excellente.

LA COMTESSE.

Si j'avais ſu que vous fuſſiez-là ?

LE BARON.

J'entends bien : la retenue du ſexe...

LA COMTESSE.

C'eſt qu'en vérité je ne ſongeais aucunement à m'unir à vous.

LE BARON.

Comment ?

MARTON.

Vous n'y entendez rien. C'était pour déſoler votre neveu.

LE BARON.

Mon neveu ?

MARTON.

C'eſt lui que Madame épouſe.

LA COMTESSE.

Marton !

MARTON.

Songez aux conſéquences.

LE BARON.

Madame épouſe mon neveu ; un libertin qui eſt actuellement à Paris à ſe ruiner?

MARTON.

A Paris? Comme on aime à calomnier la jeuneſſe! Le voilà votre neveu.

LISVAL.

Mon cher oncle!

LE BARON.

Que vois-je? me trompé-je?

MARTON.

C'eſt bien lui. Voilà ce que fait faire l'amour!

FRONTIN.

Je l'ai reconnu moi du premier coup.

LE BARON.

Et vous l'épouſez?

LA COMTESSE.

Il le faut bien.

LISVAL.

Que je vais vous aimer, ma belle Comteſſe!

LE NOTAIRE.

A la bonne heure. Quand je vous diſais, Monſieur le Baron, que vous étiez dans l'erreur.

LE BARON.

Mais que diable, madame, on n'enflamme pas un homme....

LA COMTESSE.

Je ſuis bien mortifiée.

LE NOTAIRE.

Il n'y aura qu'à ſubſtituer le nom de Marquis à celui de Baron. Les termes du contrat reſteront les mêmes. Monſieur ſignera en qualité d'oncle & de tuteur. Il fera à ſa niece future tous les avantages qu'il voulait faire à ſon épouſe prétendue.

LE BARON.

Mais Monſieur le Notaire ?

LE NOTAIRE.

C'eſt plus dans l'ordre.

MARTON.

Qu'avez-vous Monſieur le Baron ? quel air ſérieux ! Blâmez-vous votre neveu ; pouvous-vous le déſapprouver dans ſon choix ?

LE BARON.

Non ; mais en vérité il eſt bien dur de faire le perſonnage d'oncle, quand on eſt d'âge d'en faire un plus doux & plus convenable.

MARTON.

Que voulez-vous ? Votre neveu vous a gagné de vîtesse, & voilà tout, sans quoi Madame la Comtesse...

LE BARON.

Tu crois?...

LA COMTESSE.

Est-ce que vous m'en voudriez, mon cher Baron ?

LE BARON.

Allons, allons, je vois bien que ce n'est pas votre faute, & je sens qu'il faut que je vous aime à quelque titre que ce soit.

LA COMTESSE.

Vous êtes bien aimable.

LISVAL.

Mon cher oncle !

LE BARON.

Paix, paix, Monsieur le coquin ! jouissez de votre bonheur, & rendez graces au ciel de ce que Madame ne m'a pas vu le premier.

FIN.

Lue & approuvée, pour la Représentation & l'Impression, le 12 Septembre 1787. Signé

SUARD.

Vu l'Approbation, permis de Représenter & d'Imprimer. A Paris, le 13 Septembre 1787. Signé,

De Crosne.

www.ingramcontent.com/pod-product-compliance
Ingram Content Group UK Ltd.
Pitfield, Milton Keynes, MK11 3LW, UK
UKHW020410230726
13925UKWH00004B/1342